夢的截圖

◉漫漁／著

聯合文叢 734

目次

輯二——小光圈與景深

輯四——待機

輯五——重新對焦

【推薦序】

最後上岸的一尾魚

鄭慧如（逢甲大學中國文學系教授）

在我為撰寫序文而反覆精讀的詩集裡，我最喜歡漫漁《夢的截圖》；這也是迄今最耐讀的一本。

《夢的截圖》自帶光環進入出版程序：它入選「周夢蝶詩獎」，接著獲得台北市文化局出版獎助，然後聯合文學接手。在現今的紙本出版市場，漫漁領著《夢的截圖》，已然經過風吹浪打，在面世前找到有力加持，鋪出灑滿陽光的路。

然而，上述《夢的截圖》獲獎身世，仍比不上書裡這六輯共九十五首詩煥發的說服力。那是創作者個人情懷、風采、格局的綜合展現。

文學作品內，所有的「他」都源於不同作者體會的各種「我」，沒有外於作者「我」心中的「他」。從不同視角想像他人的喜怒哀樂，把盯向私心的「我」，脫胎成凝望他人的「我」，透過感受與檢視各種不同的「我」，呈現作品在環境變數下的生命力，強化空間視野與時間深度，這是「寫他」。從「寫我」到「寫他」，再從「寫他」裡面看到閃爍發亮的「我」，「我」穿梭在各類「他」之間，風風火火闖九州，影影綽綽發光發熱的情懷、自信自然的語言、靈活動人的思維，這是《夢的截圖》魅力所在。

《夢的截圖》的「寫我」，體現在以創作過程或創作心情為題材，或書寫低落情緒、失落夢想，或尋訪初衷、自我辯詰的作品。「寫他」，表現在關懷社會現象、氣候變遷、時代氛圍、女性議題。

「寫他」是《夢的截圖》最出眾的特點。就素材而言，女性議題的詩作如：〈海的沉默〉、〈角落生物〉、〈遊界者〉、〈小日子的尾聲〉；時代或社會、環境議題的詩作如：〈夢的截圖〉、〈善男的一日〉、〈致暗夜的俯視者〉、〈清晨五點五十分〉、〈下午四點後的樓梯聲〉、〈炎冬〉、〈橘子不是唯一的水果〉、〈晨報二〇一八〉、〈斷裂的〈舊報紙〉、〈卡奴的藉口〉、〈背井〉、〈島之夢〉、〈最後一條老巷〉、〈DTES——記溫哥華下城東側〉、〈同居時代〉。《夢的截圖》對女性議題的關注點，集中在女性婚後與另一半日漸枯寂的感情生活，以及因之而來自我實踐的窘迫狀態；在散落全書的篇章中，以輯三：「褪色影像」對此議題最為聚焦。輯四：「待機」共二十首詩，是全書關注大我，或藉以起興、藉以諷喻，相當精彩的一輯。例如〈清晨五點五十分〉視角投向俄烏戰爭，〈炎冬〉藉氣候變遷的議題發抒感懷，〈下午四點後的樓梯聲〉寫死囚的心理，〈橘子不是唯一的水果〉寫受壓制的性別取向，〈卡奴的藉口〉嘲諷消費透支的現象，〈背井〉寫遠離家鄉到異國工作的外籍女性移工，〈最後一條老巷〉寫已然凋零的眷村風景。

以「寫他」的詩作為例，可看出《夢的截圖》的詩風：淡淡的、相當程度的觀看距離、一定的敘述邏輯、很自然的慧黠與判斷、映襯上下文而生發的意象。它們動人之處，在於不太為了追求效果，而把話說到極端，把文字攪繞到頂點。它們當然更不是謹守「中庸之道」，老是方方面面各碰觸一點的安全路線。相反地，寫這些題材，《夢的截圖》既別有所見，又經常保持涼涼冷冷的文字溫度。詩人的喜怒哀樂、感慨情懷，以及特定時刻的個人心境，透過觀察他者而時常充滿畫面的詩行，超越了閱讀詩作或思索論題的模式，帶來清新、廣闊、深遠的氣息。

與書名同題的詩作〈夢的截圖〉類似，漫漁這本詩集示範了某層面的無界限寫法。很多詩作一體成型，渾然天成，難以句摘，以完形的影像帶出意念。作者不疾呼，不閃躲，不特別集中或渲染某意象，不以精美優雅的「金句」奪人眼球，而是一開篇就點染出整首詩藉以開展或想像的畫面，隨詩行進行發展情境，在諧謔、悲憫、無奈的語調下終章。

例如〈夢的截圖〉描繪溽暑中 Uber Eats 機車騎士對勞力所得和購屋願望的拉鋸、日復一日預售青春以瞻望遙不可見的未來。首段：「預報的颱風尚未來臨　他的頭盔裡已下起小雨／／台北七月的午後　摩托車如鯽魚／／背上包袱　循著衛星地圖過江」，中段：「A4大小的夢中城堡躺在微潮的紅磚道　上面布滿不知去向的腳印」、「預售的人生像燙青菜被反覆咀嚼」、「紅燈時　灰濛的天空沉到他的肩頭」，末段以一行收束：「雨　終於跌了下來」。貫串整首詩的「雨」，在「他的頭盔裡」，指汗如雨下；經由「微潮」的氣候過渡，收尾：「雨　終於跌了下來」，「跌」一字，指向低氣壓醞釀下的雨勢，也暗示餐飲外送員的精神體力如汗水崩塌。再如〈復活〉，寫搭火車通勤上班者一早趕路的景象。第一段：「火車今日誤點七分鐘／／（早知道，出門前可以把／面具戴好）」，後面幾段以沿路派發教會傳單的景象為主，簡筆素描，寥寥數語，精神全出：「教會傳單上布滿鞋印／／在不知來處和去向的風中／／飄走」，最後一段，一行：「『下一站，天國』」。詩中人每天上班都想「戴面具」，但常常來不及戴。積極領取人間薪水的他，邂逅天父派發的傳單。趕火車通勤的路上，詩中人恐懼著晨報會上遭裁員。天國似乎向他招手，但他要去嗎，能去嗎。詩行在這裡點到為止，留下通透、諧擬、苦笑。

從現象世界出發，邁向符號世界，把現象世界的情緒在符號世界中消融或轉化，讓符號代替情緒發聲，從而指出現象世界的可說、不可說，或不必說，這是漫漁這本《夢的截圖》的獨特風格。詩集裡屬於漫漁個人的習用概念、最常見的顏色、數度出現的意象，都不必然象徵情緒或固定意指。例如「對折」這個意象，出現在〈備忘〉、〈異樣星球〉、〈夢的截圖〉、〈耳順之年〉。〈備忘〉：「我的臟器、骨血、毛髮／都只能折疊再折疊」；〈夢的截圖〉：「夢想對折再對折　放進左胸口袋」；〈耳順之年〉：「夜晚的燈下，她把折疊的影子抖開」；〈異樣星球〉：「海洋不停折邊／／直到　最後一尾魚上岸」。「對折」所蘊含的「處置」、「收起」、「半價」的指涉，在〈備忘〉中暗示委屈，在〈夢的截圖〉裡指退縮，在〈耳順之年〉中意味著隱藏，在〈異樣星球〉裡形容海潮翻湧上岸的線。漫漁消化了「對折」在文學作品中經常給人具有固定情緒指涉的「犧牲」意涵，而基於對「對折」作為符號的理解，使得這個詞彙透過創作者的巧手，呈現一種不排斥情感也不強調情緒的雋永情懷。就這個角度看，《夢的截圖》大多數的詩作不是詩人漫漁闖出來說話，而是象徵界或符號界的言說牽引詩人漫漁透過詩行說話。《夢的截圖》顯示：寫詩的自我和其他的「他者」都帶著各種標籤，都各為符號化的存在，因而自我或他者都不再特殊，不須特地嚎哭糾纏，另一方面，也留下每個「自我」的角落。從而，漫漁探索方方面面的角落：陰暗的或燦爛的，而有時發露機智與譏刺，有時表現符號化的和諧圓融或溫暖點醒。此詩集的習用語：「睜眼、閉眼」，也是情緒轉換和符號言說的表現。〈抽離〉：「閉目，嘗試保持清醒」、〈我相信〉：「眼睛閉上，就有／／天堂的樣子」、〈自我隔離〉：「閉上眼才能忘記　睜眼時的／漆黑一片」。「睜眼、閉眼」這語詞，在這些詩作中，猶如水滴匯入大海，呈現程度相異的風姿。《夢的截圖》整本詩集未曾直接呈現「詩中我」的風花雪月、傷春悲秋，或撕開貼布袒露傷口的畫面。它清澈而靈巧，觀照四面八方而綻放自己的視角；雖無法外於「詩中我」，而詩行依然顧及你我他。

《夢的截圖》最撼動我的，是作者調和理性抑制不住的悲憫和感性難以擴張的洞見，對當代、當下，受限於政治、社會、經濟、道德，或自我綁架的人性、人生，以口語化而非散文化的文字，投以深入骨髓的探勘、探問，報以理解的笑意。除了上述舉例的作品外，許多詩作值得再三回味，比如〈封〉、〈低谷〉、〈炎冬〉、〈厭詩症〉、〈遊界者〉、〈夢遊者〉、〈同居時代〉、〈異樣星球〉、〈房間裡的大象〉、〈致暗夜的俯視者〉、〈我想帶你去旅行〉等等，都：「讓尼加拉瓜瀑布的澎湃與心電圖的曲線一同起伏」（〈我想帶你去旅行〉詩行）。魚已上岸。獻上祝福。

推薦語

李進文（詩人）

漫漁的許多詩作以「城市空間」為場景，或可謂之「都市詩」的當代新聲。她在城市裡居住和遊走、雜食和斜槓，更在城市中凝視和抽離，冷靜看著地球轉動、人間黑白變幻。

往往，看似明朗字語，卻有黑色諷喻；舊情懷裡，藏有新刃；看似浪漫與哀愁，卻潛伏反抗；即便樂觀的節奏，仍可聽見「一個小小的枯黃的啜泣的靈魂」；她安排佛與魔，隔著傷口對話；她的小日子有時流露淡淡疲倦，述說「風　其實來過也走了／只是沒有吹動世事」；她在複雜的社會，調理都市寓言……常常，看似不經意，卻又拋出思索。

此詩集，底蘊抒情，然而她的抒情卻由銀絲般的理智線梭織而成。她敘事、涉事、關心、觀察著城市與人生，題材多樣。

每當世界不再講道理，她以詩叛逆，甚至「肺部充滿了一座城的狼嚎！」城市是世界的縮影，她的詩亦涉及戰爭、死因、獨裁者……她以想像力處理、淬鍊題材，既能破壞，又能重建她一個人的「微宇宙」。

顏艾琳（詩人）

夢若可以截圖，應是抽象的畫、意象的詩。生活中勞動的人，對未來種種的期待，都在夢的鏡面一一浮現。漫漁擷取萬物與自我的夢境，落實在一字一行中，寫出虛實交織的潛意識。彷彿低眉的菩薩，字句滿溢慈悲的觀照，笑顏滴下淚水，見證人生即是夢的真如。漫漁的詩，具有精準的抒情藝術手法，但也呈太極陰柔至剛的底氣。欣然見到一位女英雄的登場！

潘家欣（詩人）

在沙灘上漫步，眼角瞥見某種閃光，也許是貝殼、玻璃或者浮球的碎片，總之在還沒有被確認之前，你受到吸引，被拉扯著向前走去——那就是漫漁詩的質地。

簡玲（詩人）

如果你讀過漫漁的截句《剪風的聲音》，便不能錯過她的詩集。漫漁是生活的實踐者，觀照生活也關照社會議題，以詩做為行動與實踐，她的詩用自己的節奏轉動，沒有繁複與華麗的詞藻，自由的抒情不流入濫情。詩句精煉的漫漁，幾首以女性的視角書寫，如〈耳順之年〉、〈致M〉、〈海的沉默〉，寫給自己、寫給世間母親或阿茲海默症，平凡卻深邃的視角，如一幅巧妙的畫作，淡淡色彩輕輕構圖，吐出立體的回音。輯六的「長鏡頭」，虛實交錯的空間，意象的層疊，鋪陳的戲劇張力，這一鏡到底的完整，讓散文詩有了獨特說服力。漫漁的詩裡有海有貓有植物，有你有我，有暗黑也有生命微隙中的光，值得您細細品味。

林瑞麟（詩人）

漫漁的文字讀來輕巧，充分展現了文字的藝術層次，在詩行裡可以看見關懷、反諷、醒悟、顛覆、歧義以及批判，而悲憫的她只是拋出問題，未見吶喊，把答案留給讀者。漫漁的詩易讀，反覆咀嚼，隱隱嗅到谷川俊太郎的氣息。《夢的截圖》以相機的鏡頭或鏡像的顯影等元素作為輯名，寓意飽滿，例如「小光圈與景深」、「褪色的影像」或「重新對焦」等，可以明顯感受到漫漁意圖藉詩人之眼，反映其透過視窗鏡射出來的人情世故，而她真的做到了。漫漁的語言鋭利，善用留白，像個聰慧且心地善良的女俠，輕輕地戳中你的穴位，但卻保留了可以喘息的餘裕。

林宇軒（詩人）

《夢的截圖》充分擷取生活的靈光，由淺入深、不避口語的詩行顯得平實而易讀。漫漁在這本詩集發揮敘事的長處，慣用的括號與空格在結構中顯得靈活。「待機」一輯的詩作：盒子裡的自由、水果與性別、報紙的虛實等發想都顯得有趣；而「長鏡頭」一輯的散文詩也呈現出更幽遠的詩意，體現詩人在分行之外的技藝。

柏森（詩人）

漫漁的詩以直白字彙調動著詩的節奏，同名詩作〈夢的截圖〉已為我們展演了許多。能在清楚的視線中把握深刻的印象，是珍貴且難以復刻的敏鋭。

輯一——夢的截圖

夢的截圖

預報的颱風尚未來臨　他的頭盔裡已下起小雨
台北七月的午後　摩托車如鯽魚
背上包袱　循著衛星地圖過江

雞腿飯　牛肉麵　珍珠奶茶
松山區　內湖區　民生社區
穿梭於餐廳和公寓大廈的門口
他是鮭　在時間的河流力爭　在三餐之間不停重新定位
沒有一個目的地　是他的歸宿

要雨又無雨的城市抖不掉黏在身上的灰濛

但總有人在馬路邊派發未來　一張一張
彩色印刷的夢和掉漆的現實在街頭移動
維持一種良好的默契　有時順流　有時逆向
如規劃又規劃的人生

A4大小的夢中城堡躺在微潮的紅磚道
上面布滿不知去向的腳印
南京東路三房兩廳　近捷運
三個家教和兩份兼差的中間點
夢想對折再對折　放進左胸口袋

（再送幾趟 Uber Eats，陽台的磚頭會多幾塊？）

小吃店滷肉飯配午間財經新聞是一種確幸
預售的人生像燙青菜被反覆咀嚼

他的嘴角滴下濃郁醬汁
遮掉廣告單末尾兩個零　房價剛好是
定存戶口的結餘

鄰桌的一家五口常來　孩子們玩起大富翁遊戲
機會命運卡在誰的手裡　骰子甩出　轉動希望的幻影
他用手背抹了抹嘴角　掌心微微發熱
看著一個個綠色小屋　占滿
別人的未來

戴上頭盔　衛星定位了前途
紅燈時　灰濛的天空沉到他的肩頭
微潮的台北捲起一角
時間流布滿摺痕　力爭的鮭魚還未達上游

拍了拍左胸口袋　他彷彿瞧見自己
站在那個陽台　眺望
夢　越遠　越看不清
越有真實感

雨　終於跌了下來

（二〇二一年第四十二屆時報文學獎新詩組佳作）

自·我·隔·離

睡眠中到過希臘
醒來後並不記得天空的顏色
世界邊緣升起一輪　自焚的夢
灰燼中的臉　只剩下一對對
美麗而失焦的瞳孔

神遊　最安全的生活方式
好多個吻　還來不及送出
夭折在消毒液中
親密的日子　對折收起

（你對愛情也免疫了嗎？）

閉上眼才能忘記　睜眼時的
漆黑一片

今晚把背景設定在塞納河畔
夢中的我沒有抗體
情願一遍又一遍被感染
你的愛

身分

他夢見一頭羊
一頭會倒數的羊
五、四、三、二、一
世界並沒有醒來

他夢見一頭羊
咀嚼著時間的葉子
一面吃　一面排泄
地上堆起
許多模糊的影像

夢中
他伸出左手摸羊
羊也摸他
伸出右前蹄

他往後退，不小心踩碎
一片時間的屍體
模糊影像中，他的眼睛
倒映著一頭羊

自縛

時間在洞穴裡長得特別快
和頭髮鬍鬚還有指甲
開始纏在一起

他不打算修剪
讓前夜的月亮和今早的太陽重疊
也不準備梳開
以昨天為今天今天為明天

室內的空氣安靜耍廢
桌前那張網吞吐著

不確定絲線從哪裡來
夢境和真實裡　一樣的腥黏

繭　慢慢作了起來
世界翻了一個身
面朝上和朝下都是
無盡黑夜

缺氧的蟲身
誤把屏幕的螢光當成日出
急於撕裂現實

虛擬的蝶翼在網中
從未飛出洞穴，從未。

黑色七月

慾望城市仍在夢中
雲霧開始蠢動，曖昧的手遮蔽天空
黑色鴿群策劃著一場顛覆
鐘塔之門在月夜打開
飛出了魔鬼的眼睛
它們把榮譽的旗幟拔走
撒下玫瑰色的謊言
沉睡的迷失的靈魂，披上毒藤織成的錦袍
上面有撒旦的尿漬
漫延一片地獄的版圖

人們醒來後，發現彼此的
感官移位，性別倒錯，皮相變色
他們聚集在羔羊廣場，擁抱哭泣
試著認出自己的原型
但只看見戴著面具的狼

鐘聲響了，所有的腳不自覺走向
自毀的森林
第一個拿起石頭的人
最後被問號噎死
每年七月的獻祭
就從焚化性靈的鬼舞開始

城市馬戲團

天空到最後只剩一種灰
擁擠的傘下有不安的眼睛
戲正開場

通往夢境的繩梯沾滿乾血
擂台被打斷鼻樑
塗抹布景裡唯一的暗紅

鋼索射出淡定的冷
視線集中在勝利者的胎記
腳下　一片模糊的肢體

馴獸師用鞭子抽打自己
直到背部生出第三隻眼
透視靈魂的骨骼

橋下噴火的表演者
突然吐了一口膿痰
掉進雨後的水窪裡
和其他的蛭蟲　浮游於
城市邊緣

宅

城市醒了，床單下的宇宙仍與地球平行
透過散發藍光的窗，夢境緩緩自轉
靈魂的洞穴伸出蔓藤
從日曆的一頁攀爬到另一頁

太陽煩躁地發脹，還沒找到進門的方法
前夜（或許是前夜的前夜）在他的下巴
糾結　纏繞　流連
慢慢成為一張網
網中人剪下一面海掛在牆上
日日練習捕魚的動作

（誰是捕食者？誰又是被捕食者？）

八坪的獨立套房裡　可能性無限
可以搬來幾座山
排列命運的迷宮　告訴自己
看見的都不是
看不見的都是

也可以想出二十種捉壁虎的方法
匍匐爬過每一個宅出體味的角落
天花板　冰箱後　窗台上　水槽下
乾癟的斷尾　分不清
是牠的　還是和他的

日子一點點失去平衡

被蜘蛛一塊塊吃掉
時間在洞穴中蔓出雜草
月亮和太陽影像重疊
床　翻不了身

直到某一天，他奮力拉開糾結的五官
意志化為一道銳利的銀光
網　剪破了
幽閉恐懼的魚群游過腳踝　四竄

（門上的把手早已不知去向）

門外，形而上的貓舔舔爪子
飢餓了許久以後
慢慢地踱去。

房間裡的大象

空間不大，可是他們
都找到自己的位子
站直、橫躺、斜臥、倒立
以各種姿勢詮釋橫豎撇捺
卻湊不成一行有分量的句子

（能穿天破地，橫掃風沙的一句）

他們甚至無法嘲笑自己
因為擁擠，表情都移位
眼睛錯置在頭頂

耳朵困難地呼吸
長長的鼻流出眼淚
象牙倒插在胸口

而這樣的拼貼卻被解讀著
精細地、認真地、穿透地
進入房間的一個個參觀者
繞過一具具扭曲的象體
高聲地給予評論

這時，房間裡的燈熄滅了
原始的吼聲四處響起
巨大的腳掌不停地踏著　踏著　踏著

直到虛偽的字詞被夷平

直到所有的假　都歸真
直到最後一個句點被擱下
重重地　輕輕地

被數的羊

失夢總令夜慌張
羊群摩蹭彼此的毛
在深黑色中取暖

期待自己是最後那隻
越過一池又一池的渾濁
關閉下起雪花的屏幕
隨著黯淡的星退場

而夜　越來越長
食月的天狗將睡眠一寸寸吞沒

直到　黑色漸漸泛白

日子原地踏步

羊　數來數去

總是少了一隻

S.O.S

水太燙
突然有一刻清醒

鏡面的霧氣　散不去
你用手指描了求救信號
卻在字母蛇行間
瞥見毫無悔意的表情

遲了
面具已與靈魂合一
長出不可逆轉的鬍渣

刀片舔了一口腥味
泛紅的雙眼，沖入下水道

失掉的光陰在溝渠推擠
然後停滯　混沌　沉溺

江湖中
你靜靜腐敗，又暗暗期待
最初的自己
循著記號而來

抽離

純白的空間裡，我
與牆上的那人進行對話

互視，彷彿以肉眼看見他的
縷縷思緒如何在布面琢磨去向
如何交織，如何密謀
將觀者禁錮在抽象與寫實之間

閉目，嘗試保持清醒
堅持相信在腳下的並非
時間的洪流

將我帶往上個世紀的浪漫與哀愁

伸手，抓住又放開
拋向我的每一道色光
它們不時聚集，然後散開
挑動我的心志，暗暗譏笑我的意念
如此漂浮，像一艘
沒有目的地的小船

此時，忽遠忽近
在港口的擾攘之中，我聽見了
夢流動的聲音

起初是不確定的敲打
間歇地，在甲板間試探

揚帆的可能

而那聲音逐漸強大
拍打著岸，最後幾乎是
待發的怒吼

血管中因子澎湃
牆上的色點滲透到體內
（那人正透視著我）

忽然間明白，自己也完成了
這構圖的一部分。

睜開眼，不帶驚訝

二維的我，在牆上，微笑
與剛走進潔白房間內的一位女子
展開對話

他的志願是成為一張海報

後來，真的站在裡面了
成為被圈起的一個形象

後來，真的爬上那面牆
承受著目光、風、雨　和
被遺忘的感覺

一隻壁虎爬過來
與他對望
兩邊都在猶豫　要不要
斷尾逃生

開始想像　框框外面的
世界，是否和自己的一樣
從鮮豔到褪色
春夏到秋冬

都只是一章
孤單的炫耀文

善男的一日

晨光戳破夢的天空　在斗室小窗上畫符
拉開眼皮，還陽一枚
撕去標價的靈魂

捷運的門吞吐行走的軀殼
他加入眾信男女　垂頭　手持長方形的香
掌心透出微微螢光　在大千世界的網中攀爬

沒有臉孔　他們身後有一條無形的線
被城市頂端傳來的咒語　擺弄　拉扯

折腰屈膝　擠進一排排窄小的格子

日子壓得扁平而方正，上面布滿時間的屍體
9和5是痛苦和快樂的切換數字
本益比殖利率反覆誦讀，烙印成經文
撞鐘之聲繞樑　不時扯動頸項的繩線

暮鼓響起時，他贖回自己的肉身
在閃爍霓虹的街頭施撒香油
在一杯杯威士忌中洗滌六根
眼耳鼻舌散落跌地
如菩薩已讀不回的笑筊
夜深，紅塵擁抱著雜念入眠

夢裡，他的佛和他的魔對坐
如何解鎖無色天地
一切都
不可說

貓，空

你在方格外踱步但怎樣都不
肯進入我設下的圈
套住一個故事一段回憶還是一場惡
夢中也許有鼠輩騷動也許有深
夜裡屋頂上的提琴手撥動幾根電線
桿下的地面無影無色無聲無味無無明
（我恨你腳下的肉墊因為我從來不知
道你來了還是沒來）
纜車早已離開但你我都沒搭上彼此的生

命中註定不停錯節錯結錯解錯接錯界錯
過潮的季節讓水晶貓眼蒙上迷
霧茫茫的窗玻璃有指爪留下印
記得遠處的風景總是無敵美
好到我們扔掉眼耳鼻舌身

意外通常不過是一杯茶的功夫加
上升起的種種好的不好的念
想你時我把杯中的白毫澆地企圖畫
出口是不再輪迴的對岸

（嘗試說服自己不要留戀下一秒因
為你已不是你）

我一直等到遠方突起的陵線輪廓變

深陷在自己的圈套裡糾
纏繞禪繞顫繞饞繞懺繞
過去現在未來根本不在記憶容量裡
（五蘊皆空空空空空空……）

你在局外
輕輕留下了爪印（？）

我在，我不在

房間裡的光太微弱
門，一直開著的
太陽經過，風聲路過，雨水流過
等待中的腳步，未曾進來過

若看不見，並不代表
我不在
存在，複製了太多次，一切變得
透明

若看得見，也不代表

在的是我
是思維投射出了我
還是，你自己

唯一能確定的是
回音，是來自留言
花瓶中有水，是因為
手中的玫瑰

請無需敲門
那只是一種多餘的日常
進來吧，無論
我在，我不在

輯二——小光圈與景深

海的沉默

她的日常　如窗前那抹無盡的藍
平靜而深沉　偶爾
陽光的金線墜落　溶進整片憂鬱
形成神色不定的暗潮

某些無眠的夜晚　她在鏡前淘洗後半生
承載回憶的容器漸漸乾涸
映不出月的圓缺　照不見星的排列

她的海　水位慢慢下降
底層傳來的呼喊像海豚的聲納

默默穿過這個世界　被周遭的嘈雜掩蓋
包括丈夫的鼾聲、孩子的搖滾吉他、垃圾車的音樂……

廚櫃裡的碗盤是常換殼的寄居蟹
客廳充滿暗礁
浴室變成永不融化的冰山
一艘無人駕駛的船　不停迷航
有的時候她不在裡面

她開始把每一件事寫下來
電話號碼和地址爬滿冰箱門
（它們不知道自己屬於誰）
孩子的相片和名字對坐床頭櫃
（顏色越來越淡畫面越來越模糊）

突然間　符號失去意義
詞語隨著海風遁入貝殼再被浪花帶走
句子是失重的錨
放任意識的船隻漂浮

總在沒有防備時　燈塔徹底失去光
她蹲在暗處顫抖　祈求
記憶的鯨回音定位
找到熟悉的海灣

窗前的水漬一點點蒸發
分不清剛才天空還是大海哭過
乾縮的海馬迴躺在沙灘上　像找不到主人的足印
而她　一遍又一遍

在遺忘的潮間帶　把自己
拾起　再扔下

（二〇二一年第十屆台中文學獎新詩第一名）

角落生物

一、桌角

一疊一疊的俗事壓下來
慢慢忘記
邊緣以外就是懸崖

二、牆角

死去的皮相
墮落的煩惱絲
被豢養著的遺憾

三、**沙發角**

「所有從眼角或嘴角拋棄的

不一定是善意的有機體……」

吸塵器如是說。

四、**街頭轉角**

兩隻腳的　三隻腳的　四隻腳的

都在懷念

轉彎之前的風景

註：角落生物，又稱角落小夥伴（Sumikko Gurashi），是日本企業創造出的擬人角色。

一朵真花的故事

園子噴滿人造香氣
一株株植物設定好何時發芽開苞凋謝
天空下午固定送來三片雲
蜜蜂送廠維修了
今天蝴蝶代班

（除此之外，一切如常。）

角落的石縫裡
一抹粉紅悄悄伸出
她試著展開一朵微笑

試著向有顏色的鄰居問好
（寂靜中一隻鳥經過，沒有飛進來。）
（春天和夏天在園子外打過招呼。）

根據程式，樹葉隨秋風飄下
雪片結出六角晶體
庭院的日常　並不包括
石縫中曾經存在
一個小小的枯黃的啜泣的
靈魂

憂鬱的顏色不只是藍

窗扉撥開最後的雨霰
才知道天空早被拉黑
隱藏了許久的　灰
從裡到外　都看不見

嗜睡的房間於是安心
把色彩擋在外面
「請不必留言，
來過，和不曾來過，都沒有
分別。」

流言
還是找到了近乎完美的
寧靜中那一點罅隙
冷空氣打醒牆壁　流下
一行淚
不爭氣的紫

詩人的墨是土耳其藍

想養一尾魚
但不願牠看到大海的邊界
想馴一匹馬
但不願牠馱負日子的重量
想豢一隻鳥
但不願牠凝視分割的天空
想種一株花
若自己先謝去，誰來訴說

無人折枝的憂鬱

造物者

等了很久
終於孵出一枚行星

把時間推進黑洞
從另一端抽出
再來一遍
DNA重新認識蛋白質，會不會找到
救贖的方程式

他　沒有回答
翻過魔術師的帽子

剛才那隻白鴿　一直
沒有回來

異樣星球

天空被剪得很小
眼睛長出了綠光
海洋不停折邊
直到　最後一尾魚上岸

島嶼吹著偏離的風
蟲鳥不解花語
一棵老木嗽了幾聲
大地的骨盆　崩裂

N位元的鬚根探出地表

虛擬的情感　掛在臉上
用遠方的火取暖
一顆變化球　在沒有溫度的空間
單性生殖

低谷

風　其實來過也走了
只是沒有吹動世事

老木　在崖邊撿拾自己的落髮
執起一根
就放下一個念頭

果子　有的飄得很高　很遠
而未能到達的那些　墜落
敲出日常的晨晨暮暮　滴滴答答

雨季　有時莫名地被略過
大地裂出難以理解的表情
回音去了又來，暗啞地說：
「起飛的　不一定都能降落」

從來不是童話

故事書摀住耳朵大叫：
「這個世界沒有童話！」

於是
樹洞吃掉愛麗絲的夢
小紅帽穿上大野狼的斗篷
王子吻了巫婆
小矮人和公主牽手
從此平凡地生活

於是

鐘聲敲了第十三下
南瓜找不到回家的路
森林裡每一條小徑
都鋪滿麵包屑

出口穿上玻璃鞋，逃離迷宮
誤讀的眼睛　只好把自己
刪除

我們都是貓

追逐　是豹的遊戲
不適合我　也不適合你

在地上畫個框
看誰先坐進去
舔爪　順毛　然後等待
等待一個跟自己一樣的
獵物

爭奪和殺戮　是獅的習性
我做不來　你也學不像

弓起背脊撐大尾巴伸出利爪
以逆天的氣勢
嘔出一個

軟趴趴的

毛球

毛順之年

他蜷伏在書櫃頂上
爪子收好
眼睛半瞇
雙耳微微隨風向轉動
尾巴輕輕掃去關己和不關己的
世事

不再，讓鋒利的偏見凌遲自己
不再，有粗糙青黑的念頭冒出
對於陰處鼠輩的語言，他也略熟一二

嘰嘰和喳喳
傳到高處時，都變成：
渺，藐，杳

滿足

米缸沒有米了〔註〕
爐上的鍋子還在燒

我坐在門口賒討
收集到許多腳印

把腳印一一洗淨，曬乾
放點鹽巴再加點
醋

誰說委屈吞不下？

這樣，我也摸著肚皮，撐
過了一天

註：「米缸沒有米了」詩句來自詩人雪赫。

大半桶的憂鬱

雨　一直沒有來
還好天色陰暗
照不出思潮見底的窘態
邊緣的青苔　正在密謀
永久出走

如果雨還是不來
搖晃之後有無水聲　將成為
形而上學的辯論

忽然雷響，究竟是

降水的前奏，還是
桶內空虛過久的
悶吭？

此時有三兩點水花
伴隨著幾步　敷衍的
蛙跳

厭詩症

親愛的P
自從妳厭詩
靈魂瘦了好多
卻重得飛不起來

他們試著把句子剪斷
也許妳會願意吞食
無意義的字塊
反芻一些陌生的音節（這個城市並不缺乏）

用虛詞沖散一首詩

稀釋的意象，像流行歌曲
淡淡的容易消化
在妳那詩酸過多的胃中

而親愛的P
提起的筆仍然不停乾嘔
那些屍碎的詞語
躺在妳的喉頭
彷彿嘲笑曾經過胖的空心的
抽象世界

一方寧靜的微宇宙

日垂
他以跳水的姿勢進入
撥開車聲撥開腳步撥開肩膀
忘記捏住鼻子
肺部充滿了一座城的狼嚎

每個街口有紅色的滿月，跟隨著
那個睡醒後耳朵有傷口的
男孩，從九十秒倒數，一面想
也許幸福會自轉
回到身邊

（而此時所有的願望都處於失重狀態）

面前的銀河發出轟隆之聲
煙霧無音階
但能穿透他的無線耳機
在腦中放射煙火
砰！砰！砰！

綠色的小人越跑越快
他的步子卻　邁不開
腳下的星球和他方　無限拉開

（後來剩下的只是一齣默劇了）

伸手向上，把皺掉的天空拉平

把夕陽用麥克筆塗掉
把星子用膠水固定好
他突然感到平靜

虛　或者實
都只是自己

維度歸零
黑暗　此時睜眼

輯三——褪色影像

繫念

那條線一直在我們之間
有時是分界，有時是
緣牽

開學第一天，你將書桌切開
線　慎重地躺在疆界
左手臂和右手臂宣言
保持陌生

小刀的痕跡猶新
井水開始流到河水

文具似小舟　來往輕渡
午餐盒裡排骨滷蛋飛象過河
還有眼神，笑容，和
不經意的碰觸

畢業那一天　我們決定
一人帶走線的一端
延伸　延伸　延伸
到地球遙距的兩個點點

想起對方的時候　就
扯一下
串串往事

未完成的情書

給你的話
我堅持寫在紙上
也許你會想像握筆的那隻手
寫寫停停，不時玩著髮梢

也許你會想起繫絲帶的馬尾
在那年暖暖的春風中
輕輕掃過臉頰

也許你會想著那排瀏海
老是過長，遮住

我的眼神
我的心事

心事走不出來的時候
我們用吻封存
但是忘了標記賞味期限

在你打開這封信時
如果雨水突然有鹹味，
如果窗口的燈光濕透，
如果唱片卡在同一句，

如果，

另一半

以愛之名
我擁有你大門的鑰匙
占領床的半邊
把牙刷擺在同一個漱口杯

以愛之名
我買的咖啡機，你付一半的錢
我選的領帶，你日日掛在頸項
我把洋蔥從碗裡挑出來，你負責吃掉

天知道這是愛

你的椅子開始習慣我的坐姿
你的香皂開始習慣我的氣味
你的臉開始習慣與我的重疊

因著所謂的愛
一天早上起來，你發現
整個自己都被裁剪過了

親愛的
現在你終於能夠嵌進
我的形狀
牢牢地

婚姻的文法課

Lesson 1

懷念過去，生活是簡單式
驚嘆　是美麗的符號
愛　是及人又及物的動詞
主詞　由單數成為快樂的複數
幸福加上ing　進行著

Lesson 2

時態日日相見，規則漸漸變化
命令句　取代附加問句

每一回爭吵　源於錯用的形容詞
分詞的出現　讓人思考　婚姻的本身
是「感到無聊」，或者「令人感到無聊」
所幸　補語有很多形式
我們努力調整彼此的詞性
希望主要子句和附屬子句的關係
達到一致

Lesson 3

無論否定或疑問，主動或被動
到這個時候　都不重要
你和我之間　早已有了永恆的連接詞
故事的完成式　走到字尾
不需要發音

無語的晨

她煮了一杯咖啡放在
他的面前

他喝完咖啡將杯子擺下
對坐的她收走

杯子的滿與空之間

窗外
麻雀撲翅飛過
雨滴敲著玻璃
車來人往　喧騰起一個日子

而桌前唯一的聲音
杯子推敲著心情
小心翼翼地

在那之後的傍晚

夕陽透進廚房時
桌上的咖啡已經
涼了

桌面有一行螞蟻
默默搬走
甜餅乾的碎屑

碎屑來自你的唇角
唇角曾經上揚
上揚的還有

我的眼神

失焦
一起翻過的烘培食譜
每個字都忘了自己的意思
分享過無數杯卡布奇諾的壺
找不到原有的香氣

陽光靜靜收起思緒的線條
調暗屋裡某個角落
讓廚房
獨處

親密敵人

不知是誰先突然安靜下來。

沉默，在空氣中結了朵烏雲。雨，要落不落的，委屈地懸吊。

所有的音節如閃電亂擊，偶有交會的那刻，粉碎了一只咖啡杯。
惡意的語詞在腹中雷聲隆隆，震裂了桌上的瓷花瓶，密度過大的情緒四濺，他的，和她的。

陰沉的眉頭，下撇的嘴角，恰好形成一座固執的日晷。太陽決定撤退，影子偏要釘在原地，先移動的就得道歉。

剛睡醒的貓爪慵懶拉下夜幕，路燈探頭進窗瞥了一眼，為百般無趣的日常打卡。

走到無可走的一步，時針和分針只好牽手，將彼此的關係回到原廠設定。

床頭的夢仍各自醒著。

如果有一天，房子燒了

只能怪罪　愛情的易燃性
偷工減料的承諾
懶於修繕的關係
掉漆的緣分

我們點燃彼此心尖
才發現婚姻的違章建築
如此　如此經不起
漏洞。漏洞。很多的漏洞……

風灌了進來，口舌乾燥
謊言的柴　越堆　越高
我們都在等　誰先扔下
點了不抽的菸

最後一根稻草點著了
我聞到自己身上的焦味
（疼痛的感覺是什麼？）

救不了火
你的眼淚都已
結冰

戀人炸片

鹽很甜
撒在焗烤過的心臟
痛到深處，甘甘的

糖很鹹
裹住的謊言腫脹爆漿
流出恨意，腥腥的

打開抽油煙機
摀著耳朵，閉上眼
就聞不到聽不到看不到

發臭的，油膩的，變黑的
山寨版的你的愛

檸檬塔

分甜點的刀起起落落
他的視線堅硬起來，又陷入柔軟
反覆中，沿著刀緣掉下的碎屑
在心上滴打出一點一點小凹洞

「你要大塊的還是小塊的？」

還來不及回答，盤子已經遞過來
不管什麼樣子，都不是自己選的

他起身。

推開椅子，推開門，推開在他心上
挖洞的手

「誰稀罕！」

要嘛，整個捧來
要嘛，全部拿走

這樣的酸甜，分享？

從來都不能夠。

掰

❋ 之一

你不停磨著自己，好鑽進
我的牛角尖

紙上乾透了的漬跡，一顆心的
不在場證明

❋ 之二

寫下來，一筆一劃
把所有的刻進回憶

將來對質，終於明白每一個字
偏旁是愛，部首是恨

❋之三

你看不懂我的句子
我讀不出你的隱喻

故事被便利貼蓋滿
隨手抽一張，都是
破碎的結局

離去之後

離去之後，試著把你一點點剝掉
從外面到裡面

你的雙眼皮和唇邊微笑　收進抽屜
卻在照鏡時，驚瞥你的留戀，在我眼瞳裡

把自己捲得好小，把世界擋在門外
耳朵　不爭氣地趴伏地板
尋找腳步聲

開窗，給呼吸自由

放走你衣領的古龍水
讓思念和忘記去對流

把轉角那家咖啡館，從地圖拔掉
拿鐵加了三包糖，依然辛苦

有什麼方法　可以麻掉
小腿的疤　有你留下的柔軟的啄
（I will kiss you better.）

我把感覺的毛邊抽掉，一絮一絮
如窗內的雨

執迷集

1

小船迫不及待迷航
但每一次回顧
岸　不停靠過來
就像自己不曾離開

2

那雙鞋一直在想自己何時才會
撞上牆
停不下來的　是前方的路

腦海中悄悄定格
當年越過後院籬笆
再也沒有回頭的
牽牛花

3

每日換瓶中的水
瓶中的水　沒有玫瑰
沒有玫瑰　就沒有所謂的凋謝
刺　拔去已久
傷口還不肯癒合

4

女人以水豢養自己

等待男人來加溫
冰點也好　沸點也好
情到深處　去他的
愛情三態

詩掉一段情

請不要紅豆我
也不要玫瑰我

想念的時候　我
玻璃著心思
紅酒著日子

離開的時候　你
火柴了往事
香菸了信紙

小日子的尾聲

今天已老，你說
還爭執什麼
就讓紅酒灌醉尚在發蠢的夜
一張棉被覆蓋剛冒出的
悲傷念頭

今天已老，我說
還堅持什麼
把好重好重的話
輕輕地拋棄

讓一縷越來越近的呼吸牽起
越來越遠的
我們

輯四——待機

夢遊者

在意識最底層
他循著日常的路徑
吃了一隻稀有動物　砍了幾棵樹　再寫下
一首詩

詩中的人
救了一隻稀有動物　種了幾棵樹　再寫下
一篇宣言

醒來的時候　他被判有罪

在這個世界裡
不知自己是為那首詩　還是那篇宣言
受刑

他決定不要睜開眼睛

清晨五點五十分

清晨五點五十的台北
她披上外套，搓著乍醒的手心
把一天盛滿壺中
讓爐火點亮天空

清晨五點五十的紐約
他關上火
研磨好的晨曦
從紅磚小公寓透出香味

清晨五點五十的巴黎
她鎖上公寓的門
為狗繫上項圈
為自己繫上鞋帶

清晨五點五十的基輔
他和她凝視著將明不明的天空，還不知道
接下來必須為孩子們
繫上鞋帶，準備逃生背包
離開時　來不及關上家門
也關不上
天邊燒紅的火

註：二〇二二年二月二十日莫斯科時間清晨五點五十分，俄羅斯宣布向烏克蘭開戰。

下午四點後的樓梯聲

吃完每日的最後一餐，他便穿上那套事先挑好的衣服
躺平，練習離去的姿態

午後四點的太陽　穿過氣窗的鐵欄杆
一點點　抹去受罰者的輪廓
囚室的亮度正被凌遲
淺呼吸，深怕抖碎影子一角
再也無法拼湊回　日漸消失的自己

時間被剝開　撕碎
每一個呼吸之間，他似乎瞥見

生命中的定格，一幕幕，褪去色彩
最後停留在一張黑白照

某些靜默時分，記憶像一扇敞開了門的空屋
風吹進來，碰了碰牆壁
捲走一些模糊的影像和話語
呢喃之聲，彷彿是妻的叮嚀
又彷彿是幼兒的咿呀

他專注聽著樓梯間的腳步聲
希望和絕望像那條終會成為直線的心電圖
——兩端無盡延伸——
永遠無法到達
向光，或者向黑暗

四點鐘過了許久
通往另一個世界的樓梯聲
響，或沒響，或是腦海中響過了
他不確定

天空已轉換成一種肅靜的顏色
牢房角落一隻脫隊的螞蟻，不知該前進還是後退
爬上改過又改的遺書
最後在母親曾經喊過的小名旁邊停下
化作一個虛弱的
感嘆號

（二〇二三年第十一屆金車文學獎優選）

後記：台灣的監獄通常下午四點就吃晚餐，之後不會有工作人員到囚房。因此過了晚餐時間，樓梯間還有腳步聲，表示將有事情發生，死囚們都很害怕是輪到自己赴刑場，夜復一夜，感受等待的煎熬。

致暗夜的俯視者

不要埋怨這座城
試著想起它曾有的單純容顏
那時的你　多麼情願
將自己變成一顆螺絲釘
微小的身子　無悔地
鑽進一個龐大而笨重的理想

請不要對它失望
令人絕望的也許是　希望本身
寒冬裡你蹣跚走向火堆
到盡頭才發現

火　只在自己眼裡
雙腳　仍然冰冷僵硬

不要背離你的城　儘管
它已經破敗
任風穿梭在漏洞百出的承諾
當逃離到世界的邊緣　你明白
自己彷彿不曾離開
身上和額頭留下了印記
嫌惡過的那些主張
像母親吟唱的搖籃曲　每晚
輕輕擊中胸口

︵也許這座城早就死去
它的血還沒流乾

在地圖的某些角落啜泣
在異鄉開出憂鬱的百日紅（註）

不必哀悼　不要呼喊它的名
槍枝拒馬催淚彈之下
地平線之上　最陰暗的仰角
慢慢偏離軌道　直到再也不見
雲隙間那道悲憐的光

（二〇二一年第六屆乾坤詩獎）

註：百日紅是緬甸國花，又名牡丹或龍船花。

炎冬

「內政部關心您」

請勿帶著憤怒入眠
這樣會讓夢生出畸形的角
將包在膜裡的世界
頂撞到精疲力竭

「酒後不開車，開車不喝酒」

留意，那團怒意已經固化

在意識的迷宮中衝擊
在喉嚨深處結石
吞不下，又吐不出

「星星之火，足以燎原」

小心地脫下防火手套
拿起一杯加冰的威士忌
邊飲邊看
一顆行星如何自燃

「環保回收，人人有責」

記得，無法刪除的，都留在雲端

等候原廠設定的太陽
吻醒一顆鹿的心臟
島，毫無雪色

舊報紙

經濟又皺折了一些
政治又破敗了一些
社會又蒼黃了一些

有些人物認識之後，等於不認識
有些事不想再發生，又來了一遍
有些張頁，沾了燒餅油條的漬
看不清表面
那是最好的歸宿

像許多故事一樣

公民課

地上放著一個盒子
裡面有「自由」

眾人圍圈思量
「怎麼打開這個盒子」？

甲決定「在不妨礙他人自由為前提」
用棍子打爛盒子

乙宣布組織地下團體
並在祕密集會中討論開盒方案

丙要寫書著作
《十種開盒子的方法》

丁被警察帶走了
他火燒盒子時不小心造成
「緊急危難」

戊走開了
「自由都關在盒子裡了，還是自由嗎？」

盒子緊閉著　靜靜地　守秩序地
躺在原地

橘子不是唯一的水果〔註〕

爸媽說
我只能是橘子
皮下多汁
身體柔軟
成熟時，腹中多子

老師說
我只有一種味道
只有一種栽植法
只能被吃
吃完只剩下皮和籽

他們說
維他命C對身體有益
聖經是唯一真理
傳宗接代是人生必須
未嫁從父出嫁從夫夫死從子

風乾的我
剝開自己
一片一片

註：《橘子不是唯一的水果》（台譯《柳橙不是唯一的水果》，*Oranges Are Not The Only Fruit*）是英國作家Jeanette Winterson在一九八五年出版的長篇小說。書中描寫了作者在成長過程中，自我性取向受到家庭、教會、父權社會壓制的種種。

晨報二〇一八

頭條宣告自由言論在東歐某處垂死
左上方，陸地仍在嘗試溺斃一座島
右上角，貿易戰顯出疲憊的魚尾紋

最下面，野生動物的棲息地
永續縮小中，一如
報導的篇幅

沒有人在乎，每一秒鐘
地球接生兩萬個塑膠瓶

故事旁邊那杯跨國連鎖的咖啡
白瓷地無動於衷

臨時演員

我跑進合身的龍套
上鏡說很溜的台詞
鞠躬的時候
被自己的眼淚感動

我很入戲
在經濟的泡沫裡逐浪
在政客的口沫裡憤世
在小確幸的溫鍋裡引吭蛙鳴

我很敬業

不斷排練抱著GDP自慰
躺在閒置的公設上叫春
然後領取十五年沒漲過的通告費

唯一的那場有台詞的戲
後來被導演
一刀剪掉

雙面傑克

灰色的城裡
碩大的螢幕上有一張嘴
滔滔倡述
殺戮之必要性

他邊看邊搖頭
不時為被犧牲的人們掉淚
拳頭握緊　眉頭深皺
重捶一下桌面　推門出走

來到田園，滿眼綠意

他的心情好多了
仔細為作物澆水
順手拔起周圍的　雜草
以免妨礙了種苗的生長

「該死沒用的東西，長得太快！」
嘟囔的那張嘴
像極了大螢幕上的
獨裁者

卡奴的藉口

那些都不是重點　真的真的
什麼填補空虛　崇拜物質　什麼什麼
破產的信用

（講求環保的時代，信用也可回收循環吧）

我只是愛上
薄薄膠片刷過之後的小小火花
在熄滅之前我必須再刷　一次一次

（產品覆滿胸口的感覺真好）

我只是好奇
自尊一張張放在皮夾裡帶著走
會不會把自己帶到更遠的地方
（爆炸後的碎片中撿起自己）

啊，火花要滅了
我伸出手在空中亂抓
看到雙臂銬著鐵鍊
好重好重

無人機

靈魂留在枕邊
自動駕駛模式　開啟

入口好小
可是他們都擠進去了
在灰色天空裡飄
從九數到五

歸航時，外殼縐了一些
夕陽透過空洞的窗　映照

邊牆的眼睛　永遠維持在
半眠半醒

備忘

我努力把自己變小
好鑽進每一個空隙
在床腳和衣櫃之間
在巷弄和街道之間
在地鐵和小巴之間

努力呼吸薄薄的空氣
在懸浮的粒子之間
我的臟器、骨血、毛髮
都只能折疊再折疊
萎縮再萎縮

在上班與下班與加班之間
在會議與會議與會議之間
在部門與部門與部門之間

我的話越來越少
意思不停重複
與朋友與家人與鄰居之間
與同事與上司與客戶之間
與自己與他人與天地之間

我漸漸透明、無聲、輕盈
滑進鍵盤滑進屏幕滑進待辦事項
努力想起昨天，搬走今天
在明天來臨之前
在軀體消失之前

在神智混沌之前
我寫下我，小小的我
也許有一天你
拾起的漂流瓶中有著我
所謂的存在

走肉

與地平線成直角
把左腳放到右腳前面
再把右腳放在左腳前面
如此重複

他們說，「這叫行走。」

細胞每天老一點，直到
失去作用
新的細胞長出來，再變老，直到
所有的細胞都停止工作

他們說，「這叫死亡。」

每一日我行走，在
馬路、天橋、隧道、紅磚道
晴天、陰天、雨天、刮風天

每走一步，我的細胞同時
變老——死亡——重新生長——變老
死亡——重新生長——變老——死亡

我的左腳問，
「我們，接近死亡了嗎……？」
右腳沒有回答。
在這個城市，它們從來沒有機會
逗留在彼此的旁邊

討論細胞的生死，討論天氣，或者
前進，或者
停止。

背井

她來自的國度
女人們已經習慣
彎下腰，就把自己
拋成一去難回的陀螺

家鄉的男人習慣了伸手
孩子習慣了沒娘
而她們習慣在異鄉的星期天
暫停轉動，到廣場上展示
低等公民的侷促

轉，轉，轉
鈔票進來，出去
青春出去，不回來

繞，繞，繞
地球的兩端，為何漸漸
連不成線

在那口城市的井裡
她們偶爾會看到
天空，延伸得再遠一點
就到家了

島之夢

所有的口音都流亡成一座島
我們用暫停的姿態
吃飯睡覺行走幹活
白天說著夜晚的夢話，直到
島長大了

音調早已模糊
被拉扯扭曲的齒舌
沿途跌落思鄉調
從島之北到島之南

夢中的城牆
被不知名的蕨類覆蓋
泥土有剛哭過的潮濕
種子忘了自己的姓名

島從夢裡醒來，好累
抱著自憐的倒影
放棄了逃離
又沉沉睡過去

最後一條老巷

當路燈闔眼退場
老巷便醒了
吐納著眷村的晨昏

一條巷子，拼貼的老家
口音亂彈　鄉味瀰繞
聽覺和味蕾畫不出界線

一齣齣人生飄搖，在露天電影的布幕
一張張板凳排開，哭笑別人也哭笑自己

光陰在巷弄間結出記憶的繭
爬牆擷果的孩子
單車輪拖出的跡印
窗外嬉戲呼喝的笑臉
一一揮別　淺化　蒸發

馬路寬了　天空窄了
最後那條老巷子
城市裡駝背的破折號
一鞠躬

斷裂的DTES——記溫哥華下城東側

他從城市缺口走來
蹲在時代巨輪洩了氣的一邊
看著地球轉

幾條街之外的煤氣鎮
餐廳廚房後正倒掉一場奢華的宴會
街頭櫥窗炫耀被鈔票舔過的亮
霓虹投射出營養過剩的影子
水晶高腳杯和銀器溢出靡靡

而他在街的這邊，和他們

用人情剩餘的暖意搭起臨時鋪蓋
毒癮像破落的毛毯　被傳遞著
貧窮隊伍蒙塵而冗長，教堂門口
在等一碗熱湯，還是在等
從未應許過的救贖

地球仍在轉
貧迫的靈魂　漫遊在每個缺角
咬住豐腴到近乎病態的大城
一圈帶血的齒痕
疤　慢慢圍起
下城東側的籬笆

床邊故事

你睡的正酣，而我一夜無眠。

故事打著呵欠，開始兜圈
枕頭邊的十萬個為什麼
排著隊　一隻隻跳過
我的羊欄

臨睡前，你問：
「怎麼樣把海洗乾淨？」
「北極熊可以來住冰箱的冷凍庫嗎？」
「山坡上的房子也愛玩溜滑梯嗎？」

（床上爬來一隻螞蟻，正在努力搬走前面的枕頭）

睡不著，我們畫圖吧
我畫了一家人在公園遛狗
你搖搖頭　接過我的筆
幫每個人畫上口罩
包括那隻狗

（自由的呼吸有害健康。）

臨睡前，你央求再讀一本故事
再擦亮一次阿拉丁神燈
許三個願望：
書包瘦一點　好嗎？
媽媽少加班　好嗎？

爸爸不要有兩個家　好嗎？
問號終於潰堤，沖倒羊欄
我不停補著牆上的裂縫
只希望你晚一點瞥見
外面的世界　是狼

（要怎麼解讀你的未來？）

熟睡在小床的中央，你是一座島嶼
就要漂出我的視線
小小身子弓著一個問號
我沒有答案。

輯五——重新對焦

過站提示音

親愛的乘客
如果聽到這個廣播
您已經坐過所有的站了

這裡是盡頭的盡頭
所有的開始在此結束
所有的結束在此開始

請勿驚慌失措
就算到了自己原本要去的地方
也就是

在課堂考完無聊的聽寫
在沒有窗的辦公隔間打報表
採買煮好也沒人回家吃晚飯的食材

下車時
請忘記隨身攜帶的行李
每到一站就累積一些的包袱
通通可以拋下

建議您不要在站口打卡或自拍
因為
偶爾忘記　自己是誰
才能想起　要去哪裡

補天

假如這一切都起始與
那名河畔洗衣閒餘
捏玩泥塊的女子〔註1〕

所有的不完美都能
獲得解釋

包括天空的破洞，
被放逐的染色體，和
請求寬恕的達爾文

假如初生嬰的啼哭聲
源於發現產道是一條
錯誤的路
那麼請誰去吹熄那根蠟燭？（註2）

假如，假如
把擲向彼此的石頭
都拿來修補同一個坑

那些以兩腳行走的，早已
到達

註1：中國神話中女媧用黃土創造出人類。
註2：佛教將輪迴比喻為用蠟燭的火去點燃另一根蠟燭。

不要說出口

一旦開口
全世界的針尖跌地都能聽見
即將發箭的弓弦都全部斷裂

不要說出口
一說
我們都得回到泥盆紀晚期
所有的魚類變成細白泡沫

不要說，不要說
把所知道的音節、詞性、語法

深深埋在地心
就讓太陽蒸發，就讓
風不吹花不開雪不飄月不圓

你想說的，我都知道
無非就是這些那些
開荒以來重複又重複的事

不要說吧，一說出口
世界會變成聾子
萬物會忘了自己的名字
我就再也不能編出
如謊言的詩篇

一個呼吸之間

一個呼吸之間
地球　掀開了表皮又闔上
有尾巴的生出了腳
有腳的長出了翅膀
有翅膀的從天空跌下

一個呼吸之間
你早已去了又回
早已用靈魂丈量過宇宙的深度
早已知道憂傷的廣度
早已　穿過所有維度

把自己分碎　又拼回
想進入你的象限
尋找我的原型
在天空尚未打開之前
在海洋尚未凝固之前
在　一切的一切之前

耳順之年

她把遲暮之年熬成一碗粥
慢慢吞嚥
佐以醬醃的童年回憶，封甕的青春舊事
中年的勞頓也一一剝開，讓風帶走殼屑

她喜歡比太陽早起，比晨露更清明
在公園的樹下，以雲手輕托生活的沉
以白鶴亮翅掃去心事的塵

下雨的午後，她坐在廳裡，靜靜地
想像自己是口岸

眼中的風景是一個個背影
有的會回來，有的不再返
而她凝望的眼總會為倦途的船打光

夜晚的燈下，她把折疊的影子抖開
用思念細細縫補那些透光的小洞
瞇著眼睛，彷彿又看見
曾經提不起放不下的，如今都
一捏即碎，飄逝。

像前廳爐中的香柱
誠心地自我燃燒，到最後。

（二〇二二年第十二屆全球華文文學星雲獎人間禪詩第二名）

公園一日

清晨　一顆露珠滑下

蟬叫響了
蟬沉默了

車陣的噪音遠去
車陣的廢氣留下

跳晨舞有的跟上了動作
跳晨舞有的永遠跟不上動作

流浪者睡去
流浪者醒來再換個地方睡

乘涼讀書的人懂了
乘涼讀書的人又不懂了

拿到氣球的孩子笑
氣球飛走了孩子哭

坐輪椅的老人發呆
坐輪椅的老人還在發呆

情人和情人牽手
情人和情人分手

吃便當的移工背對家鄉
吃完便當的移工背起家鄉

月亮透過葉影看著下班回家的人
下班回家的人看不到自己的影子

將盡　長日蜷縮在樹腳邊
做著比現實更累的夢
夢中的那顆露珠　也做了一個夢

自己　就是那日出

同居時代

房間在屋裡各自遵循自己的時區過著。

凌晨三點，AirPods 裡的嘻哈
從房門唱到廚房冰箱再回到房門
早上八點，承載五十肩的雙腳
從洗衣機到洗碗槽再到地板的每一寸

我們的足跡互相覆蓋著
偶然在餐桌或洗手間前交會
以自己的方式讓對方知道
不太遠　不太近

這樣很好。

牛仔褲口袋翻出的發票告訴我
你喜歡冰拿鐵
午餐吃 7-11 的御飯糰加茶葉蛋
兩天抽掉一包 Marlboro

湯藥整日在爐上熬煮
衰腐的氣味從我的身體散出
一點一點滲入空氣中　提醒你
這個家，總有一天會從我的肩膀
爬上你的膊頭

窗外　屋簷下不知何時築了鳥巢
幼雛的需索之聲

輕啄室內午後的沉默

我坐在客廳的沙發
想著
多年以後，你是否也坐在同樣的位置
想著
多年前的我
這樣很好。

我想帶你去旅行

我想帶你的眼睛去旅行
讓希臘的藍
亮起你病床前
小小一方天空

想帶你的耳朵去旅行
讓尼加拉瓜瀑布的澎湃
與心電圖的曲線
一同起伏

讓非洲草原綿羊的毛

輕柔地刷著你的手
撫慰針頭走過的
重複軌跡

我想帶著你　一起飛翔
讓你如燕的身子
穿越
去探望最初的那個
你

致M

她把青春拉成一條條白麵
在歲月裡滾煮
騰騰地蒸在臉上
凝結出日子的鹹

老大托在背後
然後是老二老三　和老么
小手小腳在爐灶餐枱收銀機之間搖晃
幼兒咯咯地笑起來
以為這是一個遊戲　當母親
蹲下又起身　起身又蹲下

洗碗水的皂沫映出一抹彩虹
泡泡是圓的　手上的繭也是圓的
現實　是不規則的小傷口

她讀書時數學不好　但清楚得很
要賣幾碗麵才可以再標一個會
標幾個會才有房子頭期款

泡泡後來變大　飄走
那天剛好也有彩虹
方帽子　學士服　鮮花束
她的圍裙休息一個上午
新衣服和新髮型逛了整個校園

「笑一個，媽媽。」

撫著臉頰　她突然想不起
早上煮好的那鍋湯
到底有沒有放鹽

原來　笑的味道
也是鹹的

六尺之下

那些種子　你曾經親手捧著
而今它們和你一起睡在這土層中
如此親近
（我的心跳留在遙遠的國度，無聲）

你們的皮層一起鬆動，分解，腐化
一起成為春天的消息
或者冬日的枯朽
（我獨自美麗　如塑膠花瓣）

昨夜的一場冷雨

滲透了些許往事
今晨起來我決定除去鞋襪
讓赤裸的腳底告解
（企圖融化彷彿有幾個世紀的冰涼）

你以沉默回應。

那些長成的枝幹，偶爾
落下一片樹葉，溫柔地
滑過我的鼻尖
蓋住某個石刻的字詞
如此也蓋住了憂傷

沒等午後的陽光曬乾過往
就離開

把沾滿泥土的心事留給這地
把永遠解不開的我們
留給自己

走岸筆記

走上連續彎路，是為了找到
通往天涯的直線

有的天空很輕
有的如一枚鉛塊，拋進海裡
像一個沉重的問題

浪花　起了又伏　清了又濁
沙灘把答案寫了又抹去

幾顆大石是篤定的

坐觀那些離岸，又靠岸的
人生

飄浮木翻不了身
只好跟煙蒂空罐一起
訴說一些不輕不重的
故事

而岸，無限延伸中

水的修為

有時透明，有時混沌
以流線的姿態
撫摸生命的軟弱與強硬
找到日子的漸層
安心與之應變

動中，有靜
靜中，有領悟
零度C是禪定的界
看似封閉的心境，洞悉所有
在光影的幻彩之中

靜極，而動
動的極致是無所保留，是
沸點
化為雲煙的，都曾經在乎過那
一滴

許願

請給我一小片天空
那裡有令人輕嘆的
藍

裡面有雨，有雲，有閃電
一切自然發生的事物
沒人干涉過的
四季

我會撐傘，或者應景戴上
太陽眼鏡，但不懼怕

裸露

偶有鳥群飛過
牠們的下一代也將
再飛過，一個令人掉淚的
承諾

天空，剪下來給我
一小片就好，多了
就是少了

慢活

把一天二十四小時
研磨成八萬六千四百秒
在雨後的太陽下
虹吸

把一週的天氣
用慢火烘烤成
七種情緒
每日根據氣象報告決定
微笑，傻笑，或是大笑

沒事，就坐在街邊板凳
收集來來往往
不經意交會的眼神
好在螢火蟲休假的季節
拿來發電

途

喜歡坐靠窗的位子
看著映像冥想自己
是山是海是田地是天空
想快到終站　又不太想

陽光一點點烘乾
還有些潮濕的心情
倒退的風景模糊了眼
時間多希望能告訴每個人：
「快就是慢，前就是後，

過去就是現在就是未來。」

撫平山巒的皺摺
暖起北風的聲音
抹去車窗流下的水滴
時間多希望能
把每個窗口的表情
定格在最初——

旅程尚未開始
步伐仍然輕盈
雨，還沒有來。

復活

火車今日誤點七分鐘
（早知道，出門前可以把
面具戴好）

一個男人手持麥克風
「信耶穌得永生」

彩蛋在籃裡　等待被選中
（早晨彙報時公司會否宣布
裁員名單）

教會傳單上布滿鞋印
在不知來處和去向的風中
飄走

飄走的思緒，被進站的車輪
扯動　輾過　揉碎

「下一站，天國」〔註〕

註：《下一站，天國》是日本導演是枝裕和一九九八年的電影片名。

境遷

我的鏡子很淺
盛不下遙遙對飲的月亮
方才那並非夢境
而是被故事灌醉的人生

鏡子最看不清的就是
鏡子自己

我拚命擦拭
漸漸混濁的意念
讓鏡子保持清醒，見證

每一個日升　都是
未知的月落

遊界者

天和地的接縫繃開了
拿什麼來填呢
捧起湧動的泉水
用這顆行星的淚
洗滌所有的原罪

夜和日的接線裂開了
拿什麼來補呢
拾起時間凝結的珠
將夜未夜　將明未明之際
在天幕排列下一甲子的命運

收起針線，起身
繼續尋覓下一個缺口
磨破開口的鞋　一步步跟隨
沉靜地　沒有重量
一如她的宇宙

等候一首詩的誕生

他放下茶杯，提起筆來

日出了
雲飄過了
樓房蓋好了
孩子們長大了
百年老店關門了
馬路壞了又修好了
機器代替人腦了
飛彈射出去了
冰山融化了

河床乾了

天黑了

他喝了口茶，抓抓頭皮
接著寫下去

我相信

簡陋的身體也有資格許願：
「請把太陽永久留在窗內
讓都市叢林長出彩虹翅膀
沿著最溫柔的磚塊，可以找到家門」

我相信
卑微的笑容　也有能力
將破碎的世界拼好

壞掉的歷史　擦了
再用很多不同的顏色　告訴他們：

「眼睛閉上，就有天堂的樣子。」

終章

一直沒說出口的故事
怎麼用最快的速度翻到
Ending?
或者，把結局像海一樣打開

海情願沒有記憶
曾經那麼溫柔包住的那些身體
把浪花推得不能再遠
然後抱怨自己是孤島

當世界不再講道理的時候

我把自己發黃的邊緣浸在
有鹽分的眼睛裡
期待漂白過的夢更真實

在神的面前，拾起皮相穿上
吐出一根根魚刺後
終於，和他們一樣
讀不懂自己的故事

貓夢

貓兒午眠　把沙發睡成了湖
夢裡垂釣　不見魚
那麼再把湖　睡成一幕天
空中撲跳　又不見蝶
只有再把天　睡回一床沙發
叫醒自己　舔爪順毛
無聊得很

輯六——

長鏡頭

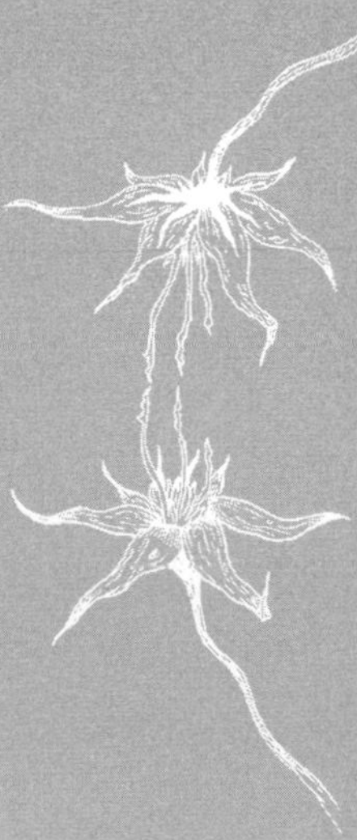

淡出

從公車玻璃窗的倒映，她看到酷似自己的女人，日漸變成灰色。頭髮、眼睛、肩膀、手腳，一點一點，遁入暗灰的套裝。

風吹動衣角，露出左胸口淡淡的粉紅結痂，提醒自己沾染色彩的美好與危險。面無表情地，她輕輕遮住疤痕，覆蓋所有冒出的念頭，不痛不癢，是最高境界。

下雨了，一場混濁讓她覺得放心，撐開灰色的傘，站在灰色的街頭，她和這座冰涼的城，沒有一點違和感。

隱沒在被調暗的人生舞台，已忘卻了打燈的意義，陽光再度想起這城時，那滴就要乾涸的淚漬，是她唯一存在過的證據。

（二〇二〇年第六屆台灣詩學散文詩獎首獎）

別意

他站在那條巷子口，一直猶豫要不要走進，影子被他用力踩住，拉扯得很長很長。巷內的某個窗口，被燭光燙出了一枚纖小的剪影，單影在他的眼眶裡成了一對，不小心眨了一下，它們就飛走了，只剩下臉頰細紋間的潺潺聲。他將自己的失態，歸罪於午夜時分過於耀眼的月光。（腳下影子對此藉口翻了一個白眼。）

剪影始終沒有離開窗口，一晚比一晚單薄。巷弄的風敲打著磚牆，也敲打著他空洞的眼眶。月亮終於放棄為慘澹的定格打光，催促著離去。

他抬起腳，轉身，留下了自己的影子，以後的夜晚，總要有人為她取暖。

（二〇二〇年第六屆台灣詩學散文詩獎首獎）

臣服

男子跪在滿園雜草前，不知從何拔起。

先前悉心種下的玫瑰，已經一片瓣朵不剩。鬼針草（註）肆意漫延，開著無辜的小白花，卻任刺毛種子狡猾地附著在他的褲腳，袖口，帽緣，頭髮，最後終於刺中了他的意識。

「什麼時候讓自己的心荒蕪至此，回不到最初？」

男子脱盡衣帽褲鞋，赤身匍匐，直到自己也被淹沒在雜草堆中。許久，一隻蚱蜢輕輕躍上葉片，一切就此停頓。

當他將自己拔除之後，真正的平靜才來臨了。

（二〇二〇年第六屆台灣詩學散文詩獎首獎）

註：鬼針草也叫咸豐草，開白花，果實上有逆刺冠毛，黏到身上不容易拍掉，有強大的繁殖力。

脫線

她抹開浴室鏡面的霧氣，端詳鏡中人的模樣。瞥見身體有幾處長出了毛邊，許是來自那些日進日出的接踵摩肩。正想把自己的輪廓修剪整齊，她一摸，摸到耳朵洞裡的線頭。

拉，拉，再拉……，思緒慢慢垂入，直至海深處。許久，卻釣不到半條魚。混濁的水面維持著一種異常的平靜，霧氣仍未散去，她扯了扯線，隱約看到在海底鑽動的，萬種念頭。

此時再望，鏡子裡什麼都沒有了。線，一團團在地板上糾結扭動，掙扎著想回到深海，在那裡可以安全而清醒地，做一尾隱形的魚。

她在鏡子的另一邊，看著那個一去不回的線頭。

沒

他不斷聽到滴水聲。

外面沒有下雨，四十度的高溫，萬物正融化而後蒸發，包括他的影子。

天空囂張地藍著，靜到深處，卻沒能擰出水。

（他四處尋找水聲的源頭）

雨很久沒有來了，地面龜裂出一個無聲哀嚎的表情，幾隻不知名的甲蟲在隙縫中出沒，從空中俯瞰，像是眼角跌出的幾滴黑色眼淚。

（他摸了摸自己冰涼的額頭，並沒有汗珠沁出，而滴水聲越來越大）

轉頭，他發現自己的影子頸部以下都化成黏稠的柏油狀物，在身後拖曳，看起來像是造物者喝醉之後的簽名。

嘆了嘆氣，他蹲下，拭去影子眼角的淚水。

無風。

空中迴旋許久的兀鷹，下降，俯衝，穿過他乾枯的眼眶，叼走影子。
那年的第一滴雨，跌落地面，暈開了諸神的旨意。

封

陽光依然盡責地照耀這曾是鬧區之地，雖然沒有什麼必要了。日月交替了幾回，整條街已蒙上一層灰，薄薄的，覆蓋著馬路，沒有任何鞋印，沒有車輪的痕跡。交通號誌覺得自己有點蠢，但還是依照時間閃紅閃綠。

除了陽光，敢進入這裡的只有風了，無聊至極，從地上撩起一張廣告傳單，為空蕩的街景製造點戲劇效果。單張從馬路飄進騎樓，穿過廊柱，滑行到餐廳的後巷，終於停在下水道的蓋口。

一雙眼睛從水溝窺了出來，先是試探地伸伸爪子，接著身子鑽出，牠沿著牆前進了一陣，左拐右彎，發現自己是地表唯一的脈動。仰首，放膽將尾巴重重甩下，空巷嚇得咳出一些塵粒，消毒後的天空臉色死白。不知從何處飛來一片口罩，披在牠的身上。

被過街喊打無數個世紀後，牠以勝者的姿態遊街，口罩披風如繳械投降的白旗，過了很久，還沒落下。

一個和溫度無關的故事

離天空越來越遠，冰山煩躁起來，一股暗潮攪動海底心事，「這裡不能再留了！」

魚群套上覬覦許久的皮相，加入岸上其他的冷血生物。

擁擠的城，是面無表情的玻璃缸，任外面風景變換，來往的肩頭摩擦出少許體溫，暖和不了一個個孤單的牆角。

天空離開很久以後，偽裝成陸地的海洋，忘卻了自己曾有倒影，曾經藍過，和曾經有過的洶湧。撕裂的城市一角，散落著許多放棄行走的腳印。

魚群找到了岸，又離開了岸，至於眼淚如何凝成珍珠，只有不回頭的天空知道。

捕夢之網

發黃的天花板角落，懸著一個世界，造物者意外的藝術品，無中生有地慢慢擴大，如某種意念。

所有的慾望和期盼，發射出銀色光芒，有序地織成陷阱，等待。被遺忘的角落難得有夢，每捕捉到一個，要細細包藏慢慢回味。毒液在掙扎的軀體塗抹著甘甜，原來，別人的地獄，可以是自己的天堂。

窗忽地打開，風雨拉扯透著微光的思緒，機會只有一次，是抱住半邊殘網，沉淪在腐甜的夢中；還是乘風而去，讓細弱的懸念將自己盪入未知的冒險？

蜘蛛遲疑了，這一刻牠分不清，自己是夢的狩獵者，還是犧牲品。

後記

媽媽說我小時候有一段時間經常在夢裡大哭，全家人都被吵醒，圍在床邊企圖叫醒滿臉淚痕的我。終於醒來，我卻完全不記得自己夢到什麼傷心的事，於是我開始在床邊備好紙筆，一睡醒便寫下夢境的片斷。紙片上出現各種光怪陸離的情境——冰箱一打開是動物白子博物館、會說話的穿山甲自己走進女巫冒煙的大湯鍋、我在沒有水的游泳池以自由式前進、永遠打不通的電話、永遠走不出的迷宮……。後來我不再記下夢境，因為年紀越大，我越分不清夢境與現實。我總覺得，自己不停地在夢中的夢中嚇醒，時常浮沉在半夢半醒的狀態。

成年以後，我在幾個國家的城市游移，為生活奔走，有很長一陣子以自動導航的模式過日子。直到六年前的夏天，我坐在香港的小巴上，突然有似曾相識之感——童年時期幾個重複出現的夢境中，就有一個坐在公車上的場景，不停地環繞灰色的城市，沒有辦法到達終點。這個感覺在我的胸口留下重重的一擊，原來我還在夢中夢的世界！那天開始，我決定在腦海中把眼裡所見，心裡所想的都暗暗截了圖，這些圖像經過拼湊重組後，成為一篇篇自編自導自演的都市寓言故事。

於是，我像自己詩中的「夢遊者」，「決定不要睜開眼睛」，留在自己的截圖夢境裡，讓我的「佛與魔」對話，讓「小小的枯黃的啜泣的靈魂」被聽見，讓「那個一去不回的線頭」沉淪，讓「被踩住的影子」自由，也讓那個被拔掉的自己歸於平靜。

二〇二三年九月寫於香港

國家圖書館出版品預行編目資料

夢的截圖 / 漫漁作 .
-- 初版 . -- 臺北市 : 聯合文學，2023.10
232 面 ; 14.8×21 公分 . --（聯合文叢 ; 734）

ISBN 978-986-323-570-5（平裝）

863.51　　112016135

聯合文叢 734

夢的截圖 Vingnettes of A Dream

作　　者／漫　漁
發 行 人／張寶琴

總 編 輯／周昭翡
主　　編／蕭仁豪
編　　輯／林劭璜　王譽潤
封面內頁繪圖／Christie Lee Melville
資深美編／戴榮芝
校　　對／廖　霞
業務部總經理／李文吉
發行助理／林昇儒
財 務 部／趙玉瑩　韋秀英
人事行政組／李懷瑩
版權管理／蕭仁豪

法律顧問／理律法律事務所
陳長文律師、蔣大中律師

出 版 者／聯合文學出版社股份有限公司
地　　址／(110)臺北市基隆路一段 178 號 10 樓
電　　話／(02)27666759 轉 5107
傳　　真／(02)27567914
郵撥帳號／17623526 聯合文學出版社股份有限公司
登 記 證／行政院新聞局局版臺業字第 6109 號
網　　址／http://unitas.udngroup.com.tw
E-mail:unitas@udngroup.com.tw

印 刷 廠／約書亞創藝有限公司
總 經 銷／聯合發行股份有限公司
地　　址／(231)新北市新店區寶橋路235巷6弄6號2樓
電　　話／(02)29178022

出版日期／2023 年 10 月　初版
定　　價／380 元

本書獲臺北市文化局藝文補助

ISBN 978-986-323-570-5（平裝）